Pour une fois qu'il neige

© 2021 Ph. Aubert de Molay/Hispaniola Littératures

Édition : BoD - Books on Demand,
12/14 rond-point des Champs-Élysées, 75008 Paris
Impression : BoD - Books on Demand, Norderstedt, Allemagne

Chargée d'édition HL : Rose Evans

Collection 1 nouvelle

Photographies de couverture : Alex Teplitz

et Casey Horner / agence Unsplash

ISBN : 978-2-3222-6866-5
Dépôt légal : Mai 2021

Pour une fois qu'il neige

nouvelle

Philippe Aubert de Molay

HISPANIOLA LITTERATURES

Collection 1 nouvelle

*Nous avons eu l'occasion de changer
le monde et avons préféré le télé-achat.*
Stephen King

Pour une fois qu'il neige

Pour une fois qu'il neige. Pas eu de neige depuis six ans. Je dis on y va. Voir le Sapin président en blanc ce sera féérique.

Selon la définition, la neige est d'abord une *forme de précipitations*. Cette relation avec lui a également été une forme de précipitation. Mais j'ai la conviction maintenant, avec le recul, que c'était une bonne idée de se précipiter. J'ai voulu casser la routine. Cette lassitude : créer un planning de week-end rempli à ras bord afin de croire que je m'occupais intelligemment, s'activer jusqu'au vertige, dormir avec des inconnus, aller dîner au restaurant machin vendredi soir allez viens ne te fais pas prier comme d'habitude tu rencontreras des gens intéressants dixit ma meilleure amie mais en fin de compte soirée de vide intersidéral comme à l'accoutumée. Au final du final on ne connaît personne ni en entrant ni en sortant. Chaque être humain ne connaît vraiment que trois ou quatre autres êtres humains, les autres sont des figurants dans un décor de série-tv ennuyeuse.

Lorsque je le croise pour la première fois, il cherche du travail et sort d'une embrouille. Dans cette affaire, onze personnes ont été mises en examen à Lons-le-Saunier (Jura) pour vol et tentative de vol en bande organisée, recel de vol en bande organisée, blanchiment et association de malfaiteurs. Sept des mis en examen ont été placés en détention provisoire et trois sous contrôle judiciaire (dont lui), le dernier (adjoint au maire d'une ville importante de la région) a bénéficié d'une garantie d'anonymat et a été laissé libre (c'est un politique et par-dessus le marché son beau-frère est policier municipal chacun en tirera la conclusion qu'il veut). Les enquêteurs, notamment de la section des recherches de Dijon, ont interpellé le gang suite à un traçage numérique. Ils les soupçonnent d'une vingtaine de vols de radiateurs de refroidissement contenant du cuivre, prélevés sur des locomotives stationnées sur les terrains de la SNCF. Le réseau opérait dans plusieurs régions, notamment Bourgogne-Franche-Comté mais aussi Champagne-Ardenne, Île-de-France, Grand-Est plus généralement, Hauts-de-France parfois et Pays-de-Loire d'après la gendarmerie. *En 2019, 59 vols de radiateurs de refroidissement de locomotives ont été recensés pour un préjudice total de plus d'un million d'euros pour la SNCF et certains de ses sous-traitants*, précise le porte-parole de la justice.

La neige est un matériau composite naturel constitué d'un agrégat de particules d'eau sous forme solide (cristaux ou grains) et parfois partiellement liquide, et d'air. La neige est hétérogène, polyphasique, déformable, de couleur blanche, isolante thermiquement, thermo-sensible, glissante, éphémère. C'est un matériau en constante évolution. Tout ça pour dire que je suis ingénieure matériaux et j'aimerais bien être en constante évolution moi aussi. Au lieu de stagner.

Donc on se voit à l'occasion de son stage en entreprise. Formation d'ouvrier qualifié connexion et raccordement cuivre. Au moins il fait preuve d'une certaine constance, le cuivre semble le passionner. Je travaille chez Switzeland Kupfer. Avec parfois des missions d'animatrice sur salon professionnel, de point presse mais plus fréquemment de formatrice. En tant que fournisseur de matériel télécoms, nous sommes capables de proposer du matériel qualitatif pour le déploiement des réseaux cuivre. Nos protections d'épissures mécaniques ou thermo-rétractables savent répondre à toutes les attentes en terme de protection des câbles cuivre. Les gammes de manchons thermo-rétractables MTR fabriqués par Telenco Betworks sont idéales pour la protection d'épissure standard (MTR 1 à 7), ou avec des dimensions spécifiques sur réseau aérien (MTR 500), souterrain (MTR 550) ou pour du câble pressurisé (MTR 1000) en haut de gamme. Je connais bien mon métier, normal.

Pour les travaux de raccordement cuivre, un assortiment de connecteurs cuivre est disponible. Nous avons sélectionné le meilleur : des connecteurs 3M Scotchlok™, des connecteurs Otto-Miranda (à indices variables de rousseur) et des connecteurs Moirans Electric. Le groupe de huit stagiaires est attentif et, lui, il note tout consciencieusement dans son cahier sans me regarder une seule seconde. La distribution intérieure, ou raccordement abonné, se fait à l'aide de nos boîtiers de distribution intérieure. Les différents modèles proposés permettent le raccordement en immeuble. La distribution extérieure, quant à elle, est assurée par les boîtiers de distribution BK@ ou RP2 et les modules de raccordement compatibles (comme les ZZtrophée). Pour les activités de raccordement cuivre dans les centraux téléphoniques, nous mettons à la disposition du client des doigts de guidage dernière génération, des guides-fils, des dérunateurs et des anneaux ouverts ou fermés. Ces différents produits sont utilisés pour réorganiser et guider les nappes de fils dans les répartiteurs encombrés. *Chez Switzeland Kupfer, nous relevons tous les défis technologiques.* J'ai tellement entendu et lu cette dernière phrase que je ne suis pas certaine que c'est moi qui vient de la prononcer. Mais si.

Le midi au self il est assis en face de moi. Les autres me posent des questions mais lui non. Oui oui les connecteurs individuels de branchement UD2P type 557F – en boîte de 100 – sont utilisés pour le raccordement de tous les câbles multipaires. Ils sont conçus pour les câbles d'abonnés type 5/9 ou 5/99. En modèle standard UD2P type 557F, attention. C'est bon ce que vous mangez ? C'est correct ? il finit par me demander. Je regarde mon poisson pané haricots verts sans sauce et je suis bouleversée par sa question car si on m'avait interrogée pour connaître le menu j'aurais été incapable de dire ce que j'avais sur mon plateau. Pourtant au yoga on ne cesse pas d'entendre qu'il faut vivre l'instant, porter une attention soutenue vers un espace ou un objet déterminé. *Dharana* la concentration est une action volontaire, un effort conscient de porter son activité mentale sur un objet déterminé. Oui c'est bon, la nourriture est bonne ici je réponds bêtement. Il a de si belles mains. L'autre soir sur Netflix, une femme disait d'un homme il a de belles mains et c'est étonnant je me retrouve dans la même situation, les séries tv jouent aujourd'hui le rôle de l'oracle. Pour un peu, je me sentirais soudain dans la peau d'une héroïne car cet homme en face de moi a vraiment de belles mains. Puis quelqu'un me questionne sur les fameux et incontournables connecteurs individuels de branchement ETON 23EN01 – en boîte de 100 - sont-ils fiables ? Le bruit court qu'ils délogent assez facilement si on ne les sprume pas en indice 10 minimum (et là, gaffe à la surtension du proteur).

Côté dharana, la concentration peut se faire sur un objet comme un yantra (c'est un support graphique), par la fixation du regard sur une lumière comme celle de la flamme d'une bougie, un mantra passé en boucle ou autre son répétitif, une musique, un texte récité insiste notre professeure de yoga. Quelle que soit la qualité de l'attention, il se produit toujours relation entre le sujet et l'objet. Cette concentration pourra être plurielle. On peut pratiquer *dharana* de différentes façons. Là je pratique *dharana* en fixant à mort mon attention sur ses belles mains. J'en suis la première surprise mais c'est comme une impression devenant solide.

La neige paraît blanche mais elle est en fait légèrement bleutée en raison de la réflexion diffuse. Les cristaux de neige sont en effet transparents mais la lumière est réfléchie de façon quasiment identique (le bleu étant légèrement moins absorbé) sur leurs interfaces, c'est-à-dire sur les joints de grains, dont l'orientation est distribuée aléatoirement. Cette nuance bleutée est particulièrement visible en présence de grandes épaisseurs de glace, par exemple sur les glaciers. Avec le temps, les cristaux de glace s'arrondissent et perdent leur pouvoir réfléchissant, si bien que la neige d'hiver réfléchit seulement 50 % de la lumière tandis que la neige de printemps a un ton plus mat que celle tombée quelques mois auparavant. La plupart des gens ne s'intéressent pas à ce qui précède mais moi oui, depuis l'enfance en fait.

Le soir de ce premier jour de stage, de retour à la maison, je me souviens avoir vraiment regardé – vraiment – mon dîner. Comme si c'était la première fois que je dînais. Je songeais avec une insistance effroyable au repas de ce midi. Puis yoga, pas de netflixage afin de mieux trouver le sommeil. Ensuite j'ai dormi vite fait car j'avais hâte de retourner au stage le lendemain. Comme une urgence, c'était.

Les jours d'après, mes ordinaires pensées négatives ont semblé battre retraite. J'ai souvent été persuadée que sombrer dans le désespoir a ceci de pratique qu'ensuite peu importe ce qui arrivera, de toute façon ce sera merdique donc pas de mauvaise surprise. Lorsqu'on a totalement coulé à pic dans le désespoir, qu'on est rayé de la carte, on est enfin en sécurité – enfin.

Le stage a duré quatorze jours. J'aurais voulu qu'il continue. Le cuivre étant le métal usuel conduisant le mieux la chaleur c'était impressionnant comme la température montait dès qu'il me parlait. Cette conductibilité calorifique est mise à profit pour chauffer ou refroidir rapidement un liquide ou un gaz : chauffe-eau ou chaudières murales, radiateurs de véhicules, dérunateurs pour l'électronique et la robotique, condenseurs et réchauffeurs des centrales électriques, thermiques, nucléaires. L'âge du cuivre.

La suite c'est une histoire d'amour j'ose le dire. Comme toutes les autres histoires d'amour, avec ses croyances et ses doutes. Les premiers rendez-vous et les seconds. Partir une semaine un peu loin. La présentation aux amis, à la famille. Puis arrive ce Noël ensemble pour la troisième fois puis pour la quatrième. Ses belles mains sur moi. Comme un fil de cuivre de son cœur au mien, entre nous une excellente conductivité électrique. *Dhararna* intervient dans tous les stades de la pratique pour l'écoute subtile des sensations, de la respiration, de l'espace intérieur, dans l'observation du mental, des pensées qui passent, des espaces sans pensée. Pour habiter le corps. Nous avons très vite favorisé la concentration sur le corps. Avec lui, être bien.

Une chose le surprend : je collectionne les crashs d'avion. Enfin je veux dire que je compile dans un fichier OpenOffice les crashs d'avion depuis les débuts de l'aviation. Longue liste.

1954 :
– 10 janvier 1954 : le De Havilland Comet G-ALYP de la British Overseas Airways Corporation (BOAC), premier avion commercial à turboréacteurs, effectuant un vol de Rome à Londres (dernière partie du vol 781 BOAC ayant débuté à Singapour) se désintègre en vol au large de l'île d'Elbe, à plus de 11 000 m d'altitude, par suite de fatigue de la structure selon les débris récupérés, tuant les 29 passagers et 6 membres d'équipage.

– 8 avril 1954 : le De Havilland Comet G-ALYY de la South African Airways assurant le vol 201 South African Airways Londres-Johannesbourg devant faire escale au Caire, se désintègre peu après son escale à Rome, au large de Naples, à plus de 11 000 m d'altitude, tuant les 21 personnes à bord. Il est démontré, à partir des débris, que la même fatigue de structure que sur l'appareil G-ALYP du 10 janvier de la même année est à l'origine de l'accident. À la suite de ces tragédies, la cellule de l'avion sera totalement revue, notamment le rivetage de la structure et la forme des hublots mais l'avionneur sera vite concurrencé par le Boeing 707.
– 23 août 1954 en soirée : le Douglas DC-6B Willem Bontekoe de la compagnie KLM, effectuant un vol entre Shannon et Amsterdam, s'écrase au large des côtes hollandaises, tuant ses 21 occupants.
– 5 septembre 1954 à 6h45 : le Lockheed Super Constellation Triton du vol 633 de KLM transportant des passagers entre Shannon et New York, s'écrase peu après le décollage dans l'estuaire de la Shannon, Irlande. 28 des 56 personnes à bord trouvent la mort. Les autres retournent à Shannon en bateau, 4 décéderont peu après du fait de leur séjour dans l'eau froide.

— Mais pourquoi fais-tu ça ? il demande. Cette collection de tragédies ?

— Je ne sais pas. J'ignore pourquoi j'ai commencé. Je ne peux plus m'arrêter. Maintenant je continue pour comprendre pourquoi je le fais.

1955 :
– 4 avril 1955 : le vol BK51 Parklandair s'écrase peu après son décollage de l'aéroport de Long Island MacArthur, sur la zone commerciale de Ronkonkoma, ville de Peterson, état de New York. Les 3 personnes présentes à bord périssent dans la catastrophe, ainsi que 29 personnes au sol.
– 20 avril 1955 : le vol diplomatique BK31-32 de Koolins Wings en partance de Genève s'écrase dans la forêt de la Joux détruisant le Sapin Président 23 (dit « Grand Gérard Héchinger »), provoquant le décès des 6 personnes à bord (dont l'ambassadrice de la république socialiste de Sosonie auprès de la Confédération helvétique).
– 27 juillet 1955 : le vol El Al 402 est abattu non loin de la ville de Pétritch en Bulgarie par deux chasseurs bulgares, après avoir dévié de sa route. Les 58 personnes présentes à bord périssent. L'avion, un Lockheed Constellation parti de Vienne, se rendait à Tel-Aviv.
– 6 octobre 1955 : le vol United Airlines 409, un DC-4, s'écrase dans le Wyoming près de Jackson Hole à la suite de la décision inexpliquée du pilote de changer de route. Les 66 personnes et 6 chiens de sauvetage à bord sont décédés.

— Tu vois la vie comme un crash perpétuel ?

— Non. Mais parfois je me dis : ces gens disparus, il faut bien que quelqu'un se souvienne d'eux. Alors mettons que c'est moi ce quelqu'un. Je suis la gardienne respectueuse et humble des morts du ciel.
— Tu devrais utiliser ton fichier pour créer un blog. Ainsi tu ne serais plus la seule à penser aux morts du ciel.

C'est une idée grandiose. Lui c'est la neige. Qui l'intéresse. Il décide de faire également un blog. Sur les faits divers relatifs à la neige et à la disparition alarmante de celle-ci du fait du réchauffement climatique. Naturellement le blog s'intitulera *Faits d'hiver*. Non c'est pour rire, on trouvera mieux, moins convenu ☺

En février 2019 (c'est récent 2019), la région du Kouzbass a été recouverte de neige noire. Les habitants des villes de Kisseliovsk, Leninsk-Kouznetski et Prokopievsk, dont l'espérance de vie est inférieure de 3 à 4 ans à celle de la moyenne nationale russe, accusent la poussière de charbon de ce phénomène. Le Kouzbass (Кузбасс) abréviation de « bassin du Kouznetsk » (Кузнецкий бассейн) désigne à la fois le plus grand gisement de charbon de Russie situé au sud de la Sibérie occidentale et la région industrielle créée grâce à la présence de ce combustible. La neige noire produit le noircissement des calottes glaciaires, couches neigeuses, glaciers et banquise dû aux particules de suie. Mais ça intéresse qui cette neige noire ?

Les particules de suie sont émises par les combustions incomplètes de combustibles fossiles et de la biomasse.

La neige noire.

On dirait un titre de roman de Stephen King.

Les policiers sont venus et revenus, soupçonneux et avec des paroles cassantes. Mais il n'est pas rentré dans leur jeu, invariable dans son attitude mesurée. Le téléphone aussi, souvent ils appelaient pour un oui pour un non y compris la nuit. Les mêmes questions, les mêmes menaces. Son affaire de vol de radiateurs de refroidissement dans les dépôts des sous-traitants SNCF est aujourd'hui derrière lui (il a eu une amende de 3600,00€ pour avoir prêté des pinces coupantes ayant été utilisées par d'autres personnes pour pénétrer par effraction sur un terrain clôturé) mais le commissariat continue de lui chercher des noises. On dirait qu'ils aimeraient qu'il retombe. Convocations sans motif, surveillance. Au fil des années, j'ai appris qu'une seule chose guide le monde : la force du plus fort il a dit un soir. Alors rester prudent si l'on a quelque chose à perdre. Moi désormais c'est toi que j'aurais à perdre. Je préfère ne pas prendre de risques.

Je l'aime.

En 2019, une étude des prélèvements réalisés dans le détroit de Fram au Groenland, dans les Alpes suisses en 2016 et à Brême de 2015 à 2017 a mis en évidence la présence de microplastique dans les échantillons de neige/glace. Les concentrations étaient significativement moindres dans l'Arctique mais quand même importantes et potentiellement nocives pour la faune et les hommes. Il semble que ces particules soient transportées par voie aérienne par le vent et/ou les précipitations, dans le sillage faisant appel d'air des avions également. La neige est en plastique désormais. Comme les sapins dans les vitrines durant les fêtes.

Tu crois que la fin du monde sera bientôt une réalité ? On parlait de ce troublant roman où les enfants meurent en moins de six mois sur toute la planète, victimes d'une épidémie mystérieuse, laissant les adultes, désemparés et inconsolables, aller vers leur mort naturelle. Comme des orphelins à l'envers si l'on veut. Fin de l'humanité en quelques années. Il me montre des photographies de lui, petit. Son enfance. Il a l'air d'attendre que quelque chose arrive. Nous aurions été en sixième dans la même classe, je l'aurais déjà aimé je crois, il est déjà beau sur les photos. L'air un peu inquiet. Ses petites mains désoeuvrées.

Cette neige noire nous tourmente. Sur les réseaux sociaux, des habitants de là-bas au Kouzbass mettent en cause les usines et les autorités, rapporte le Siberian Times. *Le gouvernement interdit de fumer en public, c'est une nouvelle loi de santé. Mais nous inspirons tous dans nos poumons de la poussière de charbon du matin au soir et du mois de janvier au mois de décembre*, déclare une internaute. Un autre : *la nature fait preuve d'une patience que je n'aurais pas. Je serais la planète : tremblements de terre, ouragans, grand nettoyage.*

Je finis par rencontrer son meilleur ami, Arnold. De l'équipe des amateurs de radiateurs de refroidissement de locomotives. Pendant longtemps, il a refusé de me le présenter ou du moins il a ajourné cette rencontre. Jamais là, toujours pris, travaillait sur des chantiers en Belgique et en Slovénie, en prison un peu aussi. Puis Arnold et sa femme Dana, roumaine. Dana comme Dana Scully le personnage de l'univers de l'antique série télévisée X-Files (c'est une agente du FBI qui travaille sur les affaires paranormales, la plupart du temps aux côtés de l'agent Fox Mulder. Elle est interprétée à l'écran par l'actrice Gillian Anderson). Le coup de foudre amical pour Dana. Elle sait cuisiner du bon avec rien. Avec elle, on a le sentiment que les problèmes surgissent à la seule fin qu'elle puisse leur trouver une solution en concluant *tu vois c'était pas si grave*. Elle me plait.

Sans être allée à l'université ni rien, elle parle six langues dont l'allemand et le polonais à la perfection. Et semble s'y connaître en cuivre et en radiateurs de refroidissement de locomotives dont les Russes font un usage incroyable tu ne pourrais pas deviner dit-elle ils fabriquent même des tondeuses à gazon avec. Veux-tu apprendre à tirer au pistolet ? On ira en forêt dans un coin tranquille. J'ai dit oui ce sera une expérience pourquoi pas.

Dana est la traduction polonaise de Diane. Ce prénom Dana apparaît très tôt dans les cultures polonaise, tchèque, roumaine et anglaise. La déesse chasseresse, la dame des animaux. Pas de carquois aux flèches d'argent pur ni d'arc offert par Zeus mais un semi-automatique Glock 17C (doté d'un compensateur de recul qui réduit le relèvement de l'arme au moment du tir. Le compensateur est composé de deux orifices sur le haut de la culasse – à l'avant de l'arme – et de trous sur le haut du canon afin de laisser s'échapper les gaz produits lors de la combustion de la poudre contenue dans la cartouche). Tu fais feu et rien ne bouge au bout de ton bras. Impassibilité. Impressionnant. Dana m'apprend le tir d'affût, le tir sur cible mouvante, le tir au jugé dit *par surprise*. Dana me frôle, respire mes cheveux en me disant quoi faire, tends le bras maintenant à peine plus haut, etc et j'aime bien ça. Bonne tireuse, je deviens, j'apprends vite.

Dana aime des choses singulières comme la robe des léopards, les lumières pâles du matin, le froid bien franc, la boxe qu'elle pratique furieusement. Et traîner en forêt : non les boutiques et le shopping non vraiment c'est pas pour moi elle explique. C'est plutôt les taillis et l'odeur de pourrissement des sous-bois en automne. Deviner et observer les animaux. Prévoir la pluie. Reconnaître et nommer les arbres. Regarde j'ai une appli qui identifie les chants d'oiseaux. Elle m'impressionne. On devient amies. Tout est naturel, simple. Diane chasseresse.

Arnold et Dana vivent de temps à autre des raids de nuit en forêt de Chaux. Pour le cas où. Savoir quoi faire. *Le monde va s'effondrer tu sais. Pollutions. Tôt ou tard. S'abriter, se battre, manger. Il faut y penser. Ce n'est pas un fantasme mais une probabilité forte. La planète ne pourra pas supporter très longtemps cette destruction de l'air, de l'eau, du vivant.* On se met à les accompagner. La faune. La flore. La géologie. Le relief. L'hydrologie. Les dangers objectifs. Observation. Anticipation. Gestion de groupe. Gestion du stress. Réflexes décisionnels. J'aime tout de suite ces raids. C'est comme de retrouver de très anciennes pratiques. L'abri. Le feu. La nuit en forêt. L'eau. Indice de potabilité. Épuration. Stockage. L'alimentation. Végétaux comestibles et toxiques. Éviter les carences. Préparation et conservation. Chasse et pêche. Pistage. Piégeage. Fabrication d'outils, d'armes et gestion de l'armement.

Être autonome mobile observateur résilient. Comprendre son environnement afin de se l'approprier et de s'y fondre totalement. Deviner l'orage. Lire un paysage. On participe à un stage sur trois week-ends à Éclans-Nenon : orientation soleil, topographie, boussole. Marche de nuit. Autosuffisance alimentaire. Techniques pour faire du feu sans briquet ni allumette. Sécurité de nuit.

Être des coureurs des bois.

On
Se
Rapproche
Avec
Compréhension
De l'herbe
Des futaies
Des sources ignorées

Nous
Devenons
Des
Gens
instruits
Des
Savoirs
Ancestraux
De
La
Forêt

C'est rudement dommage qu'il n'y ait plus d'Amérique sauvage à découvrir, on serait parti là-bas. L'Ouest, le Wyoming ou le Colorado. L'Oregon ou le Canada. L'Alaska. Le Brésil aussi, l'Amazonie d'altitude peut-être. Je sais pas peut-être le massif des Guyanes. L'Australie déserte.

C'est sous les chênes à Éclans-Nenon qu'on s'est embrassée Dana et moi. Très agréable. Une fille qui embrasse une fille je n'avais vu ça que dans des séries tv ou des pornos et maintenant c'était moi qui le faisais. Elle venait de manger des mûres. Elle a expliqué : en phytothérapie traditionnelle les feuilles séchées de la ronce sont utilisées en tisane pour soigner les inflammations de la gorge et pour épurer efficacement le rein des toxines. La mûre sauvage est un fruit rouge comestible de la ronce commune (*Rubus fruticosus*), buisson épineux très envahissant. Dis-moi si tu me trouves très envahissante, elle a fait un peu inquiète. J'ai dit non ça va t'inquiète Dana, non pas de danger.

Sur internet on a rejoint un groupe international de futurs survivants. Correspondre normalement par mail et également en unicode. L'Unicode est un standard informatique qui permet des échanges de textes dans différentes langues, à un niveau mondial. Le standard Unicode est constitué d'un répertoire de 137 929 caractères. Ce langage unicode je le trouve poétique, élégant. Du visuel.

En Unicode et pour ceux que ça intéresse si toutefois il y en a, il existe par exemple plusieurs symboles relatifs à la neige : U+2744 : ❄ flocon de neige (neige provisoire) / U+2745 : ❅ flocon de neige à trois folioles transpercé (neige semi-provisoire) / U+2746 : ❆ gros flocon de neige à chevrons (neige installée). Apprendre par cœur.

Se confier des histoires de renards et de tourterelles des bois, de repas improvisé avec tel ou tel champignon et avec des salsifis des prés et voilà comment tu prépares ton plat c'est délicieux. C'est comme raconter des rêves puissants. Faire route ensemble. Comme retrouver son chemin et rentrer à la maison. C'est bien cette grande communauté qui se prépare pour les jours difficiles devant succéder au prochain et inéluctable brutal effondrement.

Parmi nos contacts, il existe des personnes s'estimant pragmatiques, suggérant de ne plus soigner les malades au-delà de 65 ans afin de réduire le bilan carbone de l'humanité ou invitant les hommes à se faire stériliser direct, là aussi pour éviter une augmentation des émissions de CO2 avec la surpopulation – peut-être faudrait-il imposer un permis d'enfant aux couples qui désirent en avoir ? L'humanité devrait être spectaculairement invisible. Se diminuer. S'harmoniser avec la nature. Se *démotoriser*. Bonne idée ? Mauvaise idée ? Pas la réponse il faut que je réfléchisse. Que faire ?

On est mardi et c'est jour de congé. Ce matin-là on part en direction de la forêt de la Joux vers sept heures du matin afin de profiter du jour clair. Ciel simple et crémeux de lourds nuages. Frimas.

Je me souviens avec netteté qu'un Airbus A320 de la compagnie low cost Germanwings, filiale de Lufthansa, s'est écrasé le mardi 24 mars 2015, dans la région montagneuse de Barcelonette (Alpes-de-Haute-Provence) avec 150 personnes à bord, de 19 nationalités différentes. L'enquête démontrera que le copilote Andreas Lubitz, souffrant de lourds problèmes psychologiques, a précipité l'Airbus volontairement vers le sol. On parle de crashs.

Vêtue comme une guerillera, Dana est carrément belle aujourd'hui (veste chaude coupe-vent imperméable respirante hydrofuge, camouflage Woodland M81, 100% polyester brushed tricot stretchable laminated Tigress-Tex® Performance WarLike. Achat d'occase). L'autre soir en se rhabillant, elle m'a dit avec sérieux tu sais parfois j'aurais envie de combattre, de défendre les arbres.

De faire la guerre. Une sorte de guerre.

D'être utile ?

Servante volontaire de la terre-mère ?

                                            Oraison pour notre monde :

Effondrement :
Fait de s'effondrer. Chute, fin brutale.

Crash (anglicisme), définition :
accident, atterrissage forcé d'un avion, violent et destructeur retour au sol.

Pour une fois qu'il neige. Pas eu de neige depuis six ans. On y va tous quatre. Voir le Sapin président en blanc, cette sorcellerie bienfaisante. Laisser la voiture à une bonne heure du site pour approcher en silence, avec respect. Se sentir chez soi en franchissant les petits ravins boisés. Entendre un ruisseau et vouloir le goûter. Assister au vol de surveillance d'un corbeau envoyé en reconnaissance par les siens. Marcher sans réfléchir ni avoir l'esprit ailleurs : belle concentration (jamais vécu un tel état de *dharana*). Puis le voir, le deviner entre les troncs. Cette montagne de bois.

Déchausser les skis, lever les yeux, se taire. La blancheur frissonnante sur les branches et une poudre neigeuse vaporisée au moindre chuchotis de vent. On se débrouille pour ne pas se regarder parce que nos larmes coulent c'est certain. Devant tant de beauté tant de perfection de sainteté même peut-être. Nous sommes comme des épouvantails oubliés au cœur de l'hiver, mais les idées claires, ne voulant pas déranger. Dans ce froid aux odeurs d'humus et de mousse de chêne, de camphre, de moisi, de cuir, de résine et de brume. Ce lieu isolé et humide où la neige fait comme elle en a envie, ne recouvrant rien de métallique, de plastifié, de goudronné ou d'équipé de cuivre, que du bois, de la terre et des petits animaux cachés. Sans moteur ni musique sans appel téléphonique ni lumière artificielle ni mot de passe ni caméra pour notre sécurité. La grande paix.

Tous ceux qui ne verront jamais une telle merveille, les citadins et autres, nous sommes sincèrement tristes pour eux. Où qu'ils soient, quoiqu'ils fassent, occupés à gagner de l'argent ou à la dépenser, à vivre ou à mourir, il doit en cet instant même leur manquer terriblement quelque chose. Quelque chose de vital, d'absolument nécessaire et d'intime. Mais à coup sûr ils ne savent pas quoi.

(*Pour une fois qu'il neige,* 2021. Nouvelle publiée in *Sapin président*, Hispaniola Littératures, 2021)

Avec le soutien de Rose Evans, Olivier Millet (*Hispaniola Littératures*) / Ludmilla de Monfreid et Zoé Agbodrafo (*Totemik CrowFox*) / **Merci** à Rudy Ruden, Karma Ripui-Nissi, Daisy Beline, Karl Bilke, Murray Bookchin, Rick Grimes, Fabrice Gallimardet, aux lecteurs de la librairie BoD et de la librairie Passerelle ; à Marie Doré, Julia Woolf et Sébastien Breton (*Lapin à Métaux*) ; Astrid Laramie, Olivier Bastille de Gouges et Paul Astapovo (*Fondation Carlota Moonchou*) ; Bob Collodi et Maria Quiroga *(Académie royale des littératures Orélides)* ; Laurent Battistini, Piotr Bish et Aksana Lydia Oulitskaïa (*Neness Danger*) / **Pour une fois qu'il neige** / Éditrice : Rose Evans / Photographies de couverture : Alex Teplitz (recto) et Casey Horner (verso), Unsplash / Mise en pages : Anastasia Tourgueniev et Zoé Agbodrafo (avec Béthanie Rib et Nina Nobel) / Dépôt légal mai 2021 / ISBN 9782322268665 / Imprimé en Allemagne / www bod.fr / www. aubert2molay.vpweb.fr / © Ph.A2M, 2021 © Hispaniola Littératures, 2021 /

www. aubert2molay.vpweb.fr

**du même auteur chez Hispaniola Littératures,
disponible en librairie et sur le site BoD www.bod.fr**

Collection L'Inimaginée
(Littérature de l'imaginaire)
- PETIT TRAITE DE SORCELLERIE ET D'ECOLOGIE RADICALE DE COMBAT
- DOULEUR FANTÔME

Collection L'imaginable
(Littérature blanche)
- SAPIN PRESIDENT

Collection 1 nouvelle
- TOUTE PETITE FILLE DES DRAGONS
- SUPERETTE
- LA HAUTEUR
- LA MORT DE GREG NEWMAN
- DIX ANS AVANT LA NUIT
- SELON LA LEGENDE
- S'ENFERMER DANS UNE CABANE ET ECRIRE
- EN MARCHE
- LECON DE TENEBRES
- L'HIVER 1877 DE MISS EMILY DICKINSON
- LA ROUSSEUR DU RENARD
- TECHNIQUES DE VOL HUMAIN EN CIEL NOCTURNE
- LA FEE DES GRENIERS
- ROUTE DU GRAND CONTOUR
- LE DOCUMENT BK 31
- FANTÔMES D'ASTREINTE
- BRODERIES ET TRAVAUX D'AIGUILLES
- LA REPUBLIQUE ABSOLUE
- LA BONNE LONGUEUR DE MECHE
- MADRID, ETATS ZUNIS D'AMERIQUE
- INTERNITE
- PIC DE L'AIGLE ET BELVEDERE DES QUATRE LACS
- SUPER HEROS À TEMPS PARTIEL
- POUR UNE FOIS QU'IL NEIGE
- KANSAS ET ARKANSAS

Collection 1 nouvelle